Erin Kijima

Nur du darfst mich fesseln

Inhalt

**Nur du darfst
mich fesseln**

Ich gehöre ihm

Kapitel 1
3

Kapitel 2
45

Kapitel 3
91

Zusammen schlafen
137

Kapitel
1

Ich gehöre ihm

Hah

Wenn ich seine Bilder betrachte ...

... weiß ich, wie er mich sieht.

Ist es nicht wunderschön?

Ich bin wahnsinnig glücklich.

... wenn ich weiter mit dir zusammenlebe, zahlt er meine Studiengebühren nicht mehr.

Papa hat gesagt ...

Aber wir schaffen das schon.

Ich werde jobben!

Er mag mich einfach nicht.

Was?

Ryoichi ist der Ex-Mann meiner großen Schwester.

Ich geb Nachhilfe und arbeite im Family-Restaurant! ♥

Ich kann das Studium auch aufgeben.

... aber sie musste auch keine Studiengebühren zahlen.

Meine Schwester war zwar nur Hausfrau ...

Warte mal, Kaori!

Auf keinen Fall!

Ich verdiene genug für uns beide!

Und ich ... will nicht von dir abhängig sein.

Als Maler ... hast du doch kein regelmäßiges Einkommen!

Vertraust du mir so wenig?

Hast du was dagegen?

Ryoichi?

Ich denke doch nur an die Zukunft ...

Aber nein, das ist es nicht!

Ach, mach doch, was du willst!

Rumms

Wie sollte es das ?!

Es soll doch für uns beide passen!

Okay, dann jobbst du eben!

Danke auch für die Hilfe!

Rumms

Unser erster Streit.

Was soll das?!

Warum schmollt er, wenn ich jobbe?

Fräulein Terajima?

Okay, Fräulein Terajima ...

... das wäre es in etwa. Haben Sie noch Fragen?

Das ist unser Floor Chief, Herr Ai.

Er hat viel Berufserfahrung, Sie können ihn jederzeit um Rat fragen.

Hallo, ich bin Nakano!

He!

Ähm ...

Ääh ...

Hah

Ist das okay?

Darf ich dich Kaori nennen?

Da bleibt ja keine Zeit mehr für Dates!

Wow, du übernimmst ja viele Schichten!

Nakano ...

Bist du Studentin?

Etwa so alt wie Herr Ai, oder?

Ich bin Oberschülerin!

Ich hab keinen.

Was sagt dein Freund dazu?

?

Pling

13

Ah!

Immer lächeln, ja?

Nicht?

Oh?

Hah

Oje ...!

Bin wieder da.

Wenn man zu-sammen-lebt ...

... ist es echt blöd, wenn man mal Streit hat.

Will-kommen zurück.

Hallo.

Räum du Tisch sechs ab und servier den Kaffee.

Okay.

Das ist schwer, oder? Ich nehm es schon!

Mh!

Klirr

Klirr

Ob er mich gernhat?

Danke für die Hilfe!

Ich gewöhn mich bestimmt schnell ein.

Ah
...

Ja,
ja.

Gibst du heute noch Nachhilfe?

Bei Regen brauchst du länger für den Weg
...

Es regnet
...

Chef, Fräulein Terajima hätte nur noch eine halbe Stunde
...

... ich übernehme das für sie, okay?

Es sind kaum noch Gäste da
...

...
du kannst heute früher gehen.

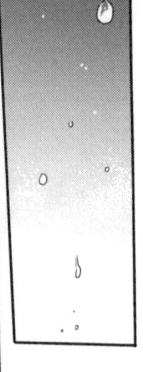

Ganz schön spät geworden.

Was?!

Ich liefere ein Bild aus!

Ryoichi ?!

Was ...?

Verzeihung!

Ein Umzugs- wagen?

... wollte ich eigentlich behalten ...

Das Bild von dir im Kimono ...

Ja ...

Ah!

... aber der Galerist wollte es unbedingt kaufen.

Mich ärgert es aber.

Das war mein erstes Bild von dir.

Du wirst noch mehr Bilder malen.

Für mich ist es okay.

Klar hab ich das.

... zusammenleben können, stimmt's?

Du hast es getan, damit wir beide ...

Ich sorge dafür, dass du dein Studium abschließen kannst. Also vertrau mir und mach dir keine Gedanken.

Drück

Drück

Wir beide gemeinsam!

Ich will, dass wir es gemeinsam schaffen!

Und es ist auch okay, wenn du weiter jobbst.

Wir sind so weit!

Ja, ich will auch etwas beitragen.

Oh Mann ...

Dafür, dass er mich unterstützt.

Piks

Was?

Ryoichi ...

Fessle mich wieder.

Warum denn jetzt, Kaori?

... damit ich immer an dich denke.

Du hast es doch schon mal gemacht ...

Und das tust du nur mit der Fessel?

Böses Mädchen!

Galerie
Yuzuki

Diese Ähnlichkeit.

Sie ist seine Geliebte, weil er nur malen kann, was ihm gehört, oder?

Er hat wohl das Modell gewechselt.

Wow, ganz schön derb.

Seine jetzige Geliebte ist die Schwester seiner Ex-Frau, hab ich gehört.

Oh, da drüben steht er ja!

Das Bild ist von Ryoichi Oribe.

Ryoichi
...

30

Ich
...

Ich steh drauf, ge-fesselt zu werden.

...!

Aber er passt auf, dass es nicht zu sehr weh-tut.

Mein Liebhaber fesselt mich da ...

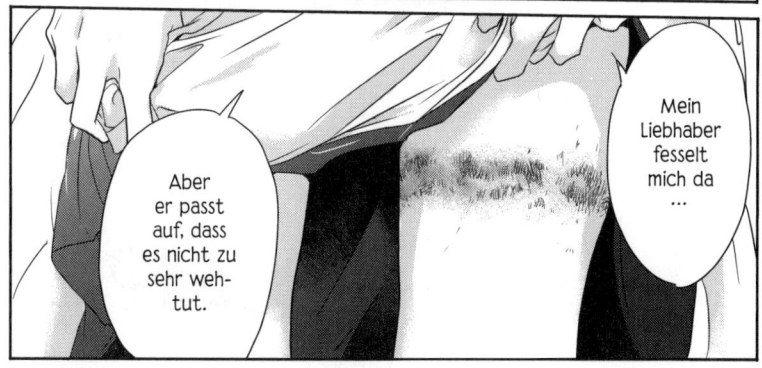

34

Fräulein Terajima!

Alles ... bloß nicht dieser Kerl!

Ryoichi Oribe!

!!

Dieser ... Dieser Mistkerl!

Das war doch er, stimmt's?!

Er ist ein durchtriebener Lügner!

Ob es ihr gut geht oder schlecht ...

... soll allein meine Verantwortung sein?

... belästigt hat.

Entschuldige, wenn sie dich ...

Ich werde sie dafür bestrafen.

Schluck

Gefällt mir.

Was hab ich getan, dass dieser Kerl so sauer ist?

Und?

Ich hab es ihm erzählt.

Murmel

Murmel

... hab ich wohl zu viel verraten.

Ich glaube, er mag mich ... Ich dachte, ich muss ihm von dir erzählen ...

Und als ich das tat ...

Es hat mich heißgemacht.

Und was ist dann passiert ...?

... Tut mir leid.

Nichts weiter, ich mach das auch nie wieder.

Er hat dich deshalb beschimpft ...

Was?

Die Kunstakademie sucht einen Aushilfsdozenten.

Der Galerist hat mich empfohlen ...

Wusch

Ich hab den Job bekommen.

Du gehörst mir allein ...

... du darfst bei keinem anderen heiß werden!

Gn!

Zwick

Männerherzen sind leicht zu brechen!

Denk mal drüber nach!

...

Bist du? Ja? Bist du?

Eifersüchtig?

...

42

Ich gehöre dir ...

Du bist es, oder?

Sag es!

... und das macht mich wahnsinnig glücklich.

Kapitel
2

Guten Morgen, Ryoichi!

Dann frühstücken und los ...

Zieh dich an ...

... sonst kommst du zu spät!

Studentin

Wie auch ... Ich steh ja nie früh auf.

So früh.

Früh aufzustehen liegt dir nicht, was?

Mmh ...

Kicher

46

...
Ryoichi
kann immer...

Ich
dachte
...

Kaori?

Sasaki?

Fertig mit der Wohnungsführung?

Aber man weiß ja nie, was kommt ...

... also machen Sie sich keine Gedanken!

J... Ja ...

Wissen Sie, diese alten Männer ...

... haben schon viele Modelle kommen und gehen sehen. Sie denken sicher, dass Sie auch nicht lange bleiben werden.

Wir wollen jetzt zusammen essen gehen!

Kaori, komm du auch mit!

Ich bleibe ...

... lieber hier, glaub ich.

Ach nein ...

Ist er wirklich dein Freund?

...

Ja ...

Kannst du nicht so mit den alten Herren?

Raun

Und ... Dieser Sasaki ...

Ha ha ha

Er hat ein loses Mundwerk, stimmt's?

Und er würde niemals lügen!

Er ist jedem gegenüber so ehrlich.

Nimm es ihm nicht übel, wenn er mal unangenehme Dinge sagt!

Gut!
Dann räum ich mal weiter aus!

Yeaaah!

Blinzel

Ziemlich viele Bilder ...

croqu_

Ich komme mir so betrogen vor ...

Ich will das nicht.

Fräulein Kaori?

Schluck

Jetzt bin ich ihm in die Akademie gefolgt ...

...

Und was jetzt?

Und Sie, Herr Sasaki?

Ha ha ha!

Uh... Äh, nein!

Warum gehen Sie schon wieder?

Wollten Sie zu Ryoichi?

Mh?

Äh! G...

Guten Tag!

Ah!

Ich helfe hier bei der Restaurierung japanischer Gemälde.

Bitte?

Wissen Sie, wie viele Liebhaberinnen ... also Modelle ...

... Ryoichi in der Vergangenheit bereits hatte?

Wie lief das denn, wenn er ein Modell ...

W...

... gegen ein neues ausgetauscht hat ...?

Was denn?

Will er Sie loswerden?

Kommen Sie mit zu mir?

Ich kann Ihnen eine Menge erzählen!

Aber wenn er an einem Modell das Interesse verliert, trennt er sich auch von der Frau als Liebhaberin.

Als Maler von Menschen braucht er Partner, die sich ihm öffnen ...

... das ist so wichtig.

Ryoichi ist echt unmöglich.

67

Na, so was! Sie lieben ihn ja richtig?

Reden Sie bitte nicht wie ein Mädchen!

Das nenn ich mal Liebe!

Das ist gut, dass ich das weiß.

Seine bisherigen Freundinnen ...

... haben ihn alle bis zum Schluss geliebt.

Plumps

Lächel

Lächel

Lächel

Seuuufz

Bestimmt lauter schöne Frauen.

Ich würd gern reingucken, aber ich trau mich nicht.

Ich hab echt Angst.

D... Das ist ja echt eine große Sache ...

Schluck

Pling

Ryoichi

Du bist heute sp...
dran, ist irgendwas?

Hab mich verlaufen.

!!
Rrring
Rrring
Wo bist du jetzt?
Ryoichi!
Ah …
Ähm …
Da ist eine Brü-cke.
Und ein Kinder-garten, ein Kindergar-ten ist da!

Kaori?

Ich werde von meinen Glücks-gefühlen übermannt.

Immer, wenn mir plötzlich meine Liebe zu diesem Menschen bewusst wird ...

Aber ...

... wenn er meine Hand hält ...

... gerate ich in Schwierig-keiten.

... fühle ich mich so klein ...

... und schwach ...

Im Dunkeln ist die Orien-tierung hier schwierig.

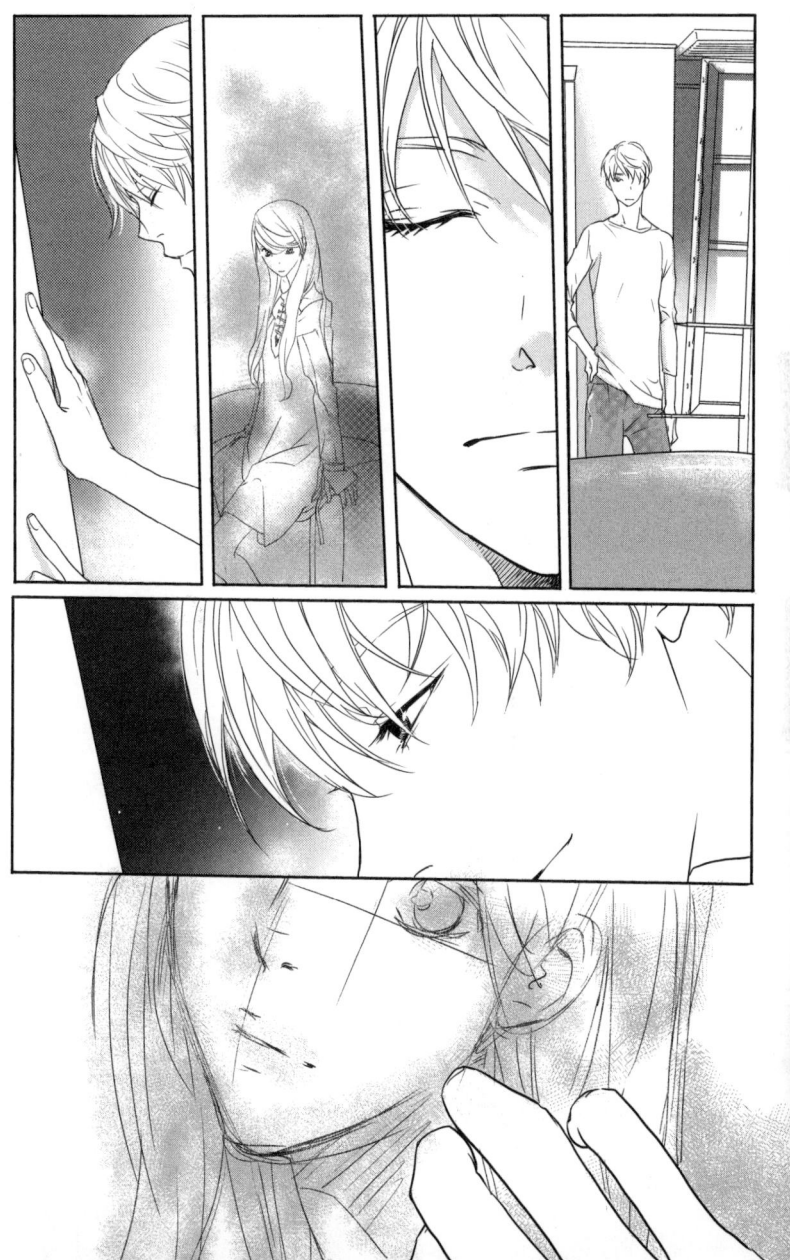

Als er
mich
...

...
zum
ersten
Mal
gemalt
hat
...

...
war
ich so
glücklich,
dass er
...

...
nur noch
Augen für
mich hatte.

Er
malt
mich
...

...
ohne
mich an-
zusehen?

Ich
liebe
ihn.

Jetzt
wird es
gehen.

Jetzt
werde ich
seine Ver-
gangenheit
ertragen.

Flapp

Meine Liebha-
berinnen und meine
Ex-Frau ... wissen nur
zu gut, wie kaltherzig
ich bin.

Deshalb hab ich sie immer verlassen.

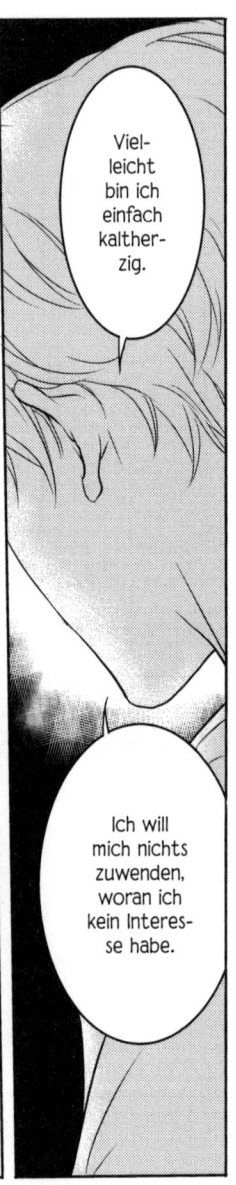

Viel-
leicht bin ich
einfach kalther-
zig.

Ich will
mich nichts
zuwenden,
woran ich
kein Interes-
se habe.

Und
wenn du sie
nicht verlassen
hättest, hättest
du immer die
eine weiter-
gemalt?

Ich bin
nicht
stolz
darauf ...
... aber ich
konnte nicht
anders.

Obwohl ich so bin?

Eins steht fest ...

... von mir wird er sich nicht trennen.

Hah ...

Schmatz ...

Schmatz ...

Hah ...

Kaori ...

Mach ich gar nicht!

Was machst du dir denn für Gedanken?

Willst du also nicht?

Ich will erreichen, dass er nur noch eine malen will.

Patsch

Patsch

Und diese eine will ich sein.

Kapitel
3

Fräulein Kaori?

Sie hat ein Auge auf meinen Freund geworfen.

Sind Sie mit Herrn Oribe verabredet?

Ja, genau, Fräulein Ayaka. Also dann!

Ich mag dieses Mädchen nicht.

Tapp
Tapp
Tapp

Fräulein
Kaori
...

... ich hätte da eine Bitte!

Mein Freund ist Maler ...

... und arbeitet als Dozent an der Kunstakademie.

Sie zeichnet mich einfach ungefragt.

Ah

Da ist doch diese Schülerin, für die du Modell stehst.

Ja ...

Ähm ...

Also ...

Na?

Und ich hab Ja gesagt.

Sie hat mich gebeten, für sie Modell zu stehen.

Hä?!

?!

96

Herr Oribe!

Ich werde von heute an Fräulein Kaori malen!

Ich will nicht stören!

Du willst bei der Ausstellung X mitmachen, stimmt's? Streng dich an!

Ja!

Klapper カラ

Wollen Sie zusehen?

Hast du einen freien Raum dafür?

Ja!

Hast du ihn reserviert?

Kaori?

Ah!

Ryoichi!

Ah, he!

Was?

Zack

Komm mal mit.

... will sie mich ein paar Stunden malen.

An den Tagen, an denen ich keine Nachhilfe gebe ...

Und für die anderen Tage möchte sie Fotos von mir machen.

Hast du sie gefragt, wie das Ganze ablaufen soll?

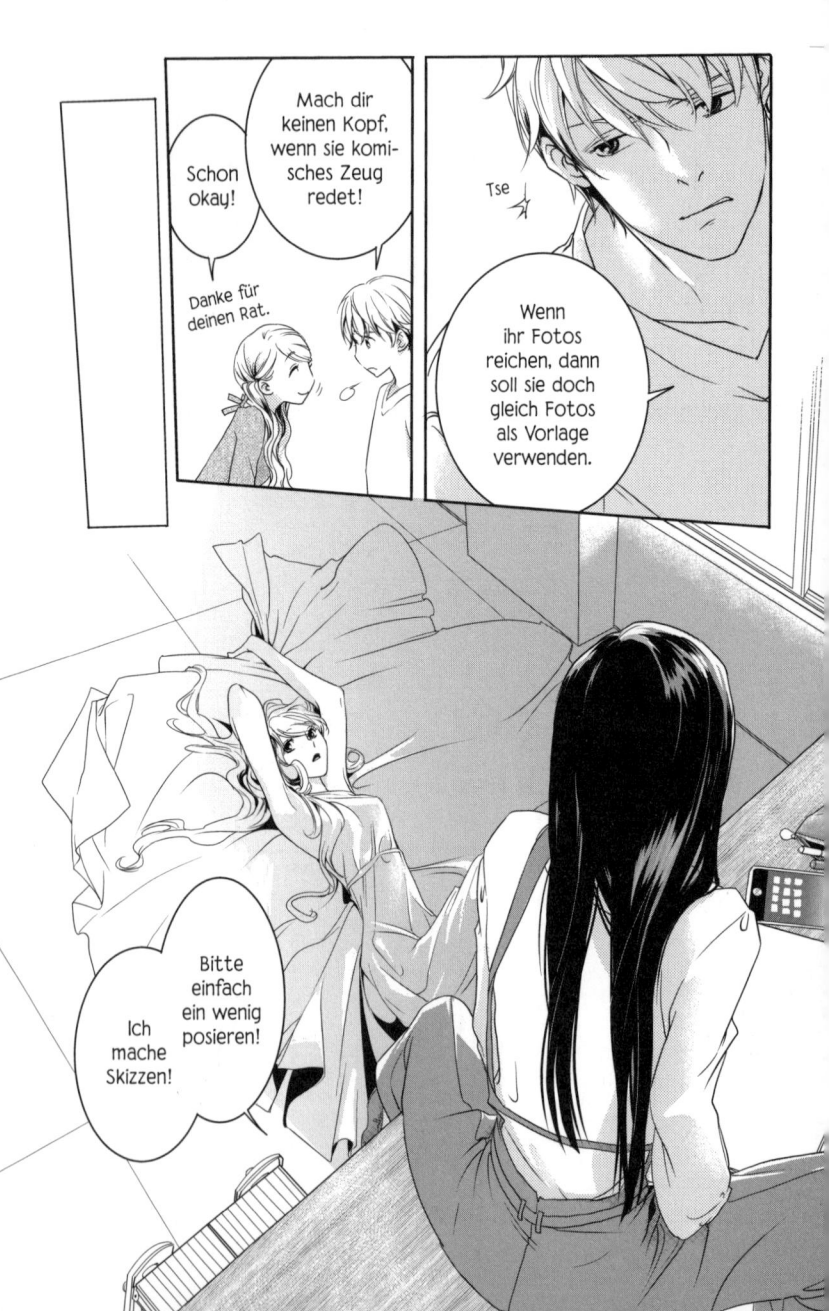

Kaori?

Mir wird ganz anders.

Sie meint die Bilder ...

Bist du ...

... heute nicht in Stimmung?

Ist ja auch anstrengend, so viele Stunden zu posieren.

Nur etwas müde ...

Mh ...

... meiner Schwester.

Hören wir auf für heute.

Aber du sollst sie trotzdem löschen.

Ich weiß.

Ich nutze sie doch nur zum Malen?

Ja!

Sie passen gut auf Fräulein Kaori auf, was?

Hi hi hi ...

Warte, ich komme mit!

Bringst du sie runter?

Auf die
beiden
...

...
hab ich
besser ein
Auge.

Man
muss ihr
lassen
...

...
dass sie
echt or-
dentlich
malt.

Wupp

Ding

Dong

Ich bringe die geliehenen Klamotten wieder!

Sie wird doch nicht ...!

He! Wo willst du denn hin?

Ich hab es das letzte Mal kurz gesehen ...

Sind Sie mit dem Bild vorange-kommen?

Äh ...

He!

Hi hi hi!

Wo ist Kaori?

Noch in der Uni, denke ich?

Hmpf

Aber sie wird sicher gleich kommen!

Ich wollte mit Ihnen alleine sprechen!

Hä?!

Wenn Kaori kommt ...

... wollen wir sie dann gemeinsam malen?

Ach ja!

Patsch

Hier ist ja dicke Luft.

Hah

Was guckst du so erleichtert?

Ayaka?

夕ll
夕ll Tapp

Nichts. Ich hab ihr ...

... mal die Meinung gesagt.

...

Was war denn los?

D...

Du kannst mich auch malen, wenn ich müde bin.

Deine Arbeit gestört?

Weil du für sie Modell stehst ...

... warst du so erschöpft, dass ich dich nicht mehr malen konnte.

Als ob ich das wollen würde?!

Bin ich jetzt schuld?!

Na klar?!

Ayaka hat das hier vergessen.

Ich bring es ihr!

He!

Selbst ich bekomme Angst, wenn Ryoichi wütend wird.

Aber wenn man dann wegläuft ...

... läuft er einem nicht nach.

Wusch

Rumms

Tja ...

War ja klar.

Sie ist schon ...

... weg?

124

Das hab ich selbst schon oft genug erlebt.

Donk

Ich hab einfach losgeschrien.

Tut mir leid.

...

Du ...

Mir tut es leid, dass ich an deinen Gefühlen gezweifelt habe ...

...

... hast wirklich gezweifelt?

Hrmpf

... weil dieses Mädchen ständig ...

... hab ich dich nicht längst satt?

Du bist so kindisch. Warum ...

Grmpf

... an dir hängt.

Weil du mich liebst?

Ja, das ist es wohl.

Lieber
hier.

Ich
will es
sofort.

Gehen
wir ins
Bett.

Hah

Ah!

Ich lass
Sie heute
nicht gehen,
Fräulein
Kaori!

Nein
...?

Da wird
er aber
wütend
werden.

»Ich gehöre ihm« – Ende

Erstmals erschienen im digitalen Magazin *MobiFlow*, Ausgaben 8 & 28, 2017 und 4, 2018

Zusammen schlafen

Es ist so schön, neben jemandem zu schlafen.

Ich möchte nicht wieder alleine sein.

Wir sind kein Paar.

Also haben wir auch keinen Sex.

Wir sind einfach nur Freunde, die sich das Bett teilen.

Ich kann mich nicht mehr daran erinnern, wann ich mich in ihn verliebt habe.

Okay, gerne!

Wir sollten uns mal besser kennenlernen!

Du hast gesagt, ich soll aussuchen!

Ja, hab ich ...

Ihr Frauen mit euren Liebesfilmen ...

Hat er dir nicht gefallen?

Erzähl ruhig.

An ... Liebeskummer?

Ha ha ...

Ja ...

Doch.

Es kamen nur Erinnerungen hoch.

Er ist doch so ein unsensibler Klotz!

Ich weiß nicht ...

Ach, Unsinn!

Das sind Tränen der Wut!

Schnief

...

Schubs

Aha.

Du musst ihn sehr geliebt haben, was?

...da hat er mir angeboten, dass ich bei ihm schlafen kann.

Ich hab mich so einsam gefühlt, in meinem Liebeskummer alleine schlafen zu müssen ...

Was?!

Komm, lass uns im Kino nebenan den Horrorfilm gucken!

Ich hab befürchtet, wenn er weiß, dass ich noch in jemanden verliebt bin, hat er vielleicht keine Lust mehr dazu.

Komm schon!

Ich mach das immer so!

So ein Gemetzel ist eine gute Ablenkung!

So wie es jetzt ist, bin ich glücklich.

Aber ich wüsste zu gerne, was er von mir hält.

Danke, Tante!

4 F
Okuyama Anwaltskanzlei

Uchii Klinik

Dotts +

Hier, dein Lohn für diesen Monat.

Ich kann Ihnen doch keine Bitte abschlagen, so viel, wie Sie ...

... für mich tun, Frau Okuyama!

Da hab ich das kurz mal gedacht. Kurz!

Nur, weil ich so in der Klemme saß!

Hi hi hi!

Ich muss mich für sie entschuldigen.

Sind sie befreundet?

So vertraut, obwohl sie nur Arbeitskollegen sind?

»Ich kann Ihnen doch keine Bitte abschlagen ...«

Blinzel

Dann sag ihm doch, dass du verliebt bist!

Und was, wenn er antwortet, dass er mich nicht als Frau zum Verlieben sieht?!

Mach's doch nicht so kompliziert!

Nicht schon wieder!

Bibber

Dann hast du eben Liebeskummer.

Dann ... teste ihn doch ...

... um rauszufinden, was du für ihn bist.

Tut mir leid, Natsume musste zu ihren Eltern.

Sie kann heute nicht.

Deshalb hat sie mich gebeten, sie zu vertreten ...

Hallo ...

... du bist Natsumes Freundin, oder?

Ich bin Tomomi.

Wow, schöne Stimme!

Hä?

Er ist
sauer!

Hah

Tipp

Jetzt
gleich?

Oder
...?

Aber ich
wüsste
es schon
gerne
...

Ihn zu
testen,
ist doch
gemein?

Ich muss
mich ent-
schul-
digen
...

Na-
tsu-
me!

Toba!

!

Das hat er ja schnell verziehen ...

Ach ...

... ist schon okay.

Jetzt weiß ich ja, dass du denkst, es ist völlig egal ...

... mit wem man in einem Bett schläft.

Nein.

Seine Stimme klingt anders.

Und
ich
...

Toba meldet
sich nicht
bei mir.

Ich kann
wieder
nicht
schlafen.

... wenn
du mich
brauchst
...

...
trau mich
nicht, aus
Angst, was
er dann
sagen wird.

Ich kann
nicht
schlafen
...

Tapp

Spinnst du?!

Schluck

Hmpf

A...
Aber
ich hab
ihn doch
mit ...

...
in mein
Zimmer
genom-
men!

Na
und?!

Was
tust du,
Toba?

Die
Polizei
rufen!

177

Mh
Zuck
ビク
Willst du gleich zuerst kommen?
Was?
Nein!
Toba, du ...
Für mich ist es okay.
Wir haben doch alle Zeit der Welt.

Ich weiß jetzt ...

... dass ich nur schlafen kann, wenn ich denjenigen neben mir auch liebe.

Jemanden nur zum Schlafen brauchst du nicht mehr, was?

Nein, ...

... nicht mehr.

Na ja, viel Schlaf hab ich jetzt auch nicht ...

Und wir sind jetzt ein Liebespaar.

»*Zusammen schlafen*« – Ende
Erstmals erschienen im digitalen Magazin *MobiFlow*, Ausgabe 17, 2016

Vielen Dank, dass ihr diesen Manga gekauft habt! Ich bin Erin Kijima.

Nachdem es in der Story um einen Maler geht, habe ich mich gefragt, welchen Maler ich eigentlich mag. Da fiel mir ein, dass die Bilder von Egon Schiele mir schon immer gefallen haben. Ein so großes Genie, dass es mir schwerfällt, nicht laut rauszuschreien: »Den liebe ich!«

Er hat viele erotische Frauendarstellungen gemalt. Meine Lieblingswerke sind die Bilder von seiner Geliebten Wally. Ich hab mir immer nur ihre Bilder angesehen ... Vielleicht liebe ich gar nicht so sehr Schiele, sondern vor allem Wally? Ha ha ...

Mnh ...
Du bist
so schwer,
Nukui.

木嶋えりん
Erin Kijima

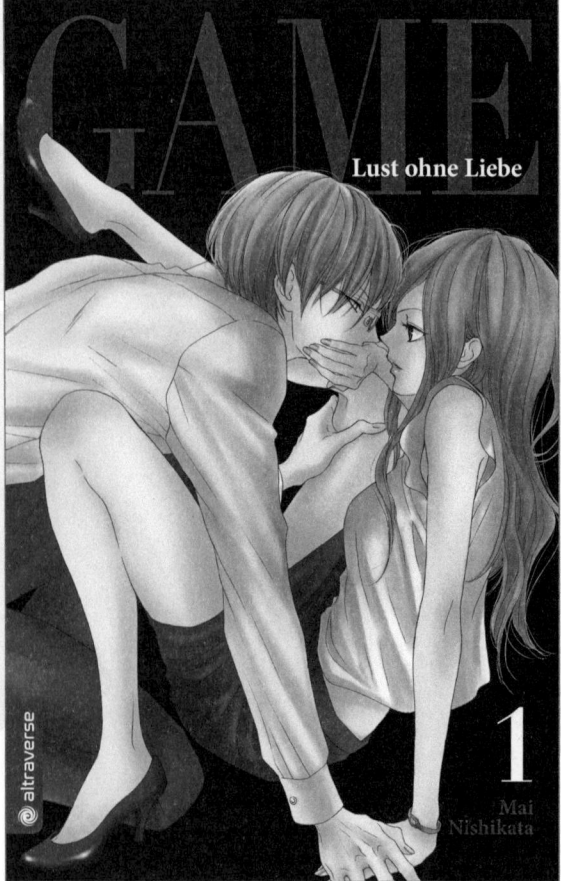

Game – Lust ohne Liebe
Mai Nishikata

Sayo ist eine echte Karrierefrau. Doch das schreckt die Männer ab. Keiner von ihnen scheint mit einer Frau umgehen zu können, die erfolgreicher ist als er. Frustriert lässt sie sich auf ein erotisches Spiel mit ihrem neuen Kollegen ein: Nur Sex, keine Gefühle lautet die Devise!

Lip Smoke

Mai Nishikata

Schriftsteller Kazuki Seta hat eine schwere Schreibblockade. Er soll eine Geschichte über einen unschuldigen Kuss schreiben. Doch er kann sich nicht erinnern, wie sich diese angefühlt haben. Kurzerhand heuert er die Schülerin Setsuna Iwato an, damit sie ihm die Unschuld der Jugend wieder nahebringt. Aber ist das wirklich nur irgendein Job?

Ein Traum von Liebe

altraverse

30 – Ein Traum von Liebe

Akimi Hata

Shino ist dreißig, im Beruf sehr erfolgreich, aber immer noch Single. Ihre Familie und ihr Umfeld sind der Meinung, sie sollte nun langsam auch heiraten. Und eigentlich denkt Shino das irgendwie auch, da sie es gern geordnet mag. Da spricht sie eines Abends der fast zehn Jahre jüngere Mayuki an und bittet sie, seine Freundin zu werden. So ein junger Kerl ist natürlich nichts zum Heiraten, aber vielleicht hat er ja andere Vorzüge ...?

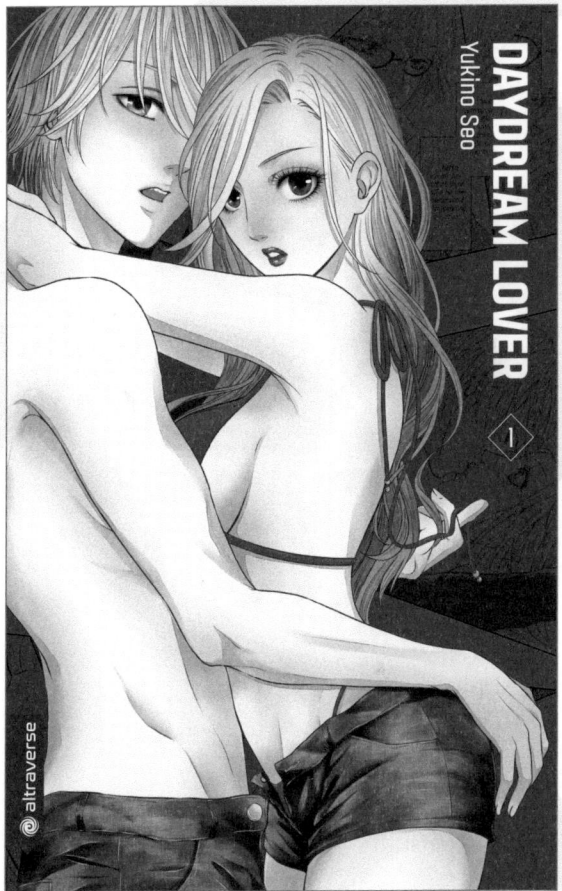

Daydream Lover
Yukino Seo

Jun sieht aus wie ein sexy Vamp, aber eigentlich ist sie ein schüchternes Mauerblümchen – und immer noch Jungfrau! Wann immer ihr ein süßer Typ begegnet, flüchtet sie sich in ihre erotischen Tagträume. Dabei wohnt der Mann ihrer Träume gleich nebenan ...

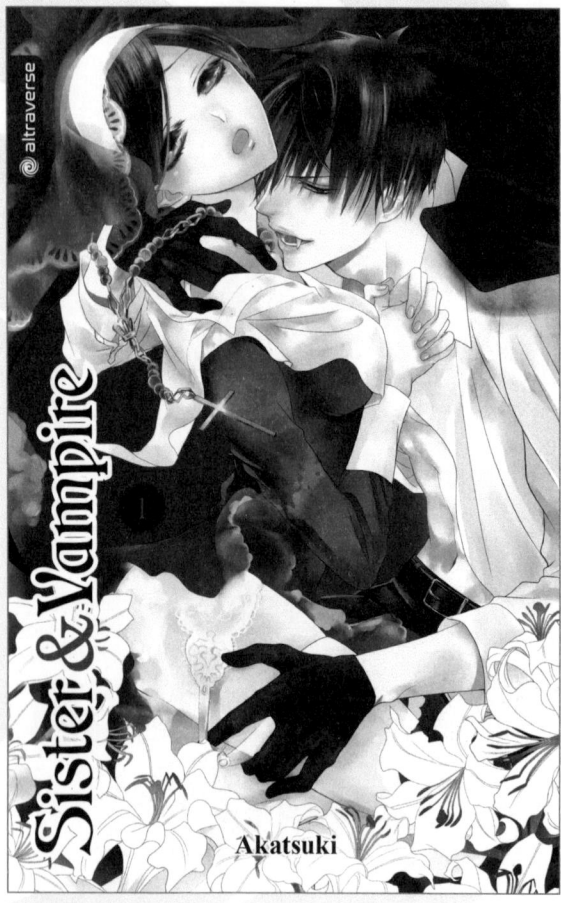

Sister & Vampire

Akatsuki

Ein Vampir treibt sein Unwesen und auch Ordensschwester Erna fällt ihm zum Opfer. Doch der verführerische Richter verschont sie und Erna meint, sein gutes Herz zu erkennen. Um ihn zu bekehren, folgt sie ihm und trotzt jeder Gefahr. Wird es ihr gelingen, ihn zu läutern, oder wird sie am Ende selbst auf die dunkle Seite gezogen werden?

Vampire x Junior

Saku Takano

Sara Ayafuji läuft in jeder Situation sofort knallrot an. An ihrer neuen Schule träumt sie aber davon, endlich Freunde zu finden und ein normales Leben zu führen. Doch dann beobachtet sie etwas, das sie nicht hätte sehen sollen. Sie ist fasziniert von der mysteriösen Iris und ihr Leben droht völlig durcheinanderzugeraten ...

Ich will dich weinen sehen

Aya Fumio

Yoh versteckt sich hinter einer freundlichen Fassade, hält aber alle auf Abstand. Hanas schroffe Art dagegen jagt allen Angst ein. Die beiden könnten gegensätzlicher nicht sein, doch als Yoh sieht, wie Hana hemmungslos bei einem Film weint, berührt das etwas in ihrem Inneren und sie will mehr von diesen Tränen sehen ...

Lust auf ein Date?

Tamifull

Miwa mag eigentlich schon immer Mädchen, hat sich bisher aber nie getraut, offen dazu zu stehen. Mit Beginn ihres Studiums soll sich das ändern. Gleich am ersten Tag an der Uni trifft sie auf die sehr offene und direkte Saeko, die von Miwa sofort begeistert ist. Kann aus der spontanen Zuneigung, die die beiden füreinander empfinden, eine richtige Beziehung entstehen ...?

Keine Cheats für die Liebe

Fujita

Nerd sein ist nicht leicht! Sobald die Männer erfahren, dass Narumi ein Fangirl ist, nehmen sie Reißaus. Die Lösung: Ein Nerd muss her – meint zumindest ihr Kindheitsfreund Hirotaka, selbst eingefleischter Gamer, und stellt sich auch gleich zur Verfügung. Ist dies der Beginn einer mangareifen Romanze oder heißt es am Ende doch Game over?

After the Rain

Jun Mayuzuki

Nach einer Verletzung muss Akira ihren geliebten Sport aufgeben. Erfüllung findet sie in ihrem Job in einem Restaurant – vor allem, da sie bis über beide Ohren in ihren Chef verknallt ist. Doch der kann sein Glück nicht glauben: Warum sollte ein junges Mädchen an einem alten Verlierer interessiert sein?

altraverse

Deutsche Ausgabe / German Edition
Altraverse GmbH – Hamburg 2020
Aus dem Japanischen von Dorothea Überall

SHIBARARETE AGERU Vol. 2 by Erin KIJIMA
© 2017 Erin KIJIMA
All rights reserved.
Original Japanese edition published by SHOGAKUKAN.
German translation rights arranged with SHOGAKUKAN
through The Kashima Agency.

Redaktion: Joachim Kaps
Herstellung: Cathrin Hamester
Lettering: Vibrant Publishing Studio

Druck: CPI books GmbH, Leck
Printed in Germany

Alle deutschen Rechte vorbehalten.
ISBN 978-3-96358-415-2
1. Auflage 2020

www.altraverse.de